M. À L'ENVERS

veut changer d'air

MONSIEUR MADAME

Publié pour la première fois par Egmont sous le titre *Mr Topsy-Turvy. The round way wirsing.*

Traduction : Anne Marchand-Kalicky.

M. À L'ENVERS
veut changer d'air

Roger Hargreaves

hachette
JEUNESSE

Si monsieur À l'Envers peut faire une chose dans le sens inverse, tu peux être sûr qu'il le fait.

Comme quand il conduit une voiture… Tu vois ?

Ou quand il voyage en bus.

Un matin, monsieur À l'Envers se leva très tôt.
Comme tu peux le voir, il avait une façon très bizarre de dormir.
Il bâilla, s'étira et sauta de son lit.

Il monta au premier étage
pour préparer son petit déjeuner.
Tu as raison ! La maison de monsieur À l'Envers était
aussi sens dessus dessous que lui !
La chambre était au rez-de-chaussée
et la cuisine ainsi que le salon étaient à l'étage.

Monsieur À l'Envers décida qu'il voulait manger des céréales.
Il ouvrit le paquet, prit du lait…
et le versa directement dedans !

Quelles drôles de manières !

Dès qu'il eut terminé son petit déjeuner,
monsieur À l'Envers prit le bus pour aller en ville.
– Une ville pour un ticket, s'il plaît vous ! demanda-t-il au conducteur.
Bien sûr, monsieur À l'Envers parlait toujours à l'envers.
Le conducteur se gratta la tête.
– Vous voulez dire un ticket pour la ville ? corrigea-t-il.
– Ça c'est ! répondit monsieur À l'Envers.

C'était un grand jour pour monsieur À l'Envers.
Il avait décidé de s'acheter une nouvelle maison.
Il entra donc dans l'agence immobilière de monsieur Maison :

– Voudrais nouveau logement je acheter un.

Heureusement, monsieur Maison connaissait très bien monsieur À l'Envers.

– Vous voulez dire que vous voudriez acheter une nouvelle maison ?

– Ça c'est ! répondit monsieur À l'Envers.

M. MAISON

– Si vous voulez bien m'attendre devant, je vais chercher ma voiture, proposa monsieur Maison.

Et bien sûr, monsieur À l'Envers attendit derrière !

Quand, monsieur Maison trouva enfin monsieur À l'Envers, ils montèrent en voiture et débutèrent les visites.

Ils visitèrent toutes sortes de maisons :
des maisons hautes et étroites,
des maisons petites et larges…

et même des maisons hautes et larges !

Mais monsieur À l'Envers n'aimait aucune d'entre elles.
Pas une maison ne semblait assez bien pour lui.

Alors qu'ils retournaient en ville, monsieur À l'Envers ordonna soudainement à monsieur Maison d'arrêter la voiture. Ou plutôt, il dit :

– Arrêtez voiture la !

Heureusement, monsieur Maison avait compris ce qu'il avait voulu dire.

De l'autre côté de la route se dressait la maison la plus étrange que tu aies jamais vue.
Tout était sens dessus dessous...

– Exactement cette maison que je veux est celle ! s'écria monsieur À l'Envers.
– Mais... répondit monsieur Maison. Mais, c'est votre maison !
– Ça c'est ! répondit monsieur À l'Envers.
– Mais vous ne pouvez pas déménager chez vous ! s'exclama monsieur Maison. À l'envers le monde serait ce... heu... je veux dire : ce serait le monde à l'envers !

Monsieur À l'Envers fit alors un énorme sourire.

– Ça c'est… exactement ! répondit-il.

RÉUNIS VITE LA COLLECTION ENTIÈRE

1 MME AUTORITAIRE
2 MME TÊTE-EN-L'AIR
3 MME RANGE-TOUT
4 MME CATASTROPHE
5 MME ACROBATE
6 MME MAGIE
7 MME PROPRETTE
8 MME INDÉCISE
9 MME PETITE

10 MME TOUT-VA-BIEN
11 MME TINTAMARRE
12 MME TIMIDE
13 MME BOUTE-EN-TRAIN
14 MME CANAILLE
15 MME BEAUTÉ
16 MME SAGE
17 MME DOUBLE
18 MME JE-SAIS-TO

19 MME CHANCE
20 MME PRUDENTE
21 MME BOULOT
22 MME GÉNIALE
23 MME OUI
24 MME POURQUOI
25 MME COQUETTE
26 MME CONTRAIRE
27 MME TÊTUE

28 MME EN RETARD
29 MME BAVARDE
30 MME FOLLETTE
31 MME BONHEUR
32 MME VEDETTE
33 MME VITE-FAIT
34 MME CASSE-PIEDS
35 MME DODUE
36 MME RISETT

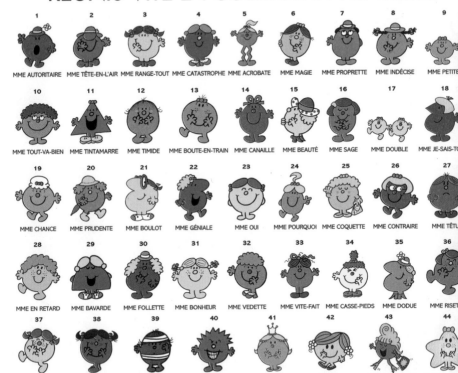

37 MME CHIPIE
38 MME FARCEUSE
39 MME MALCHANCE
40 MME TERREUR
41 MME PRINCESSE
42 MME CÂLIN
43 MME FABULEUSE
44 MME LUMINE

DES **MONSIEUR MADAME**

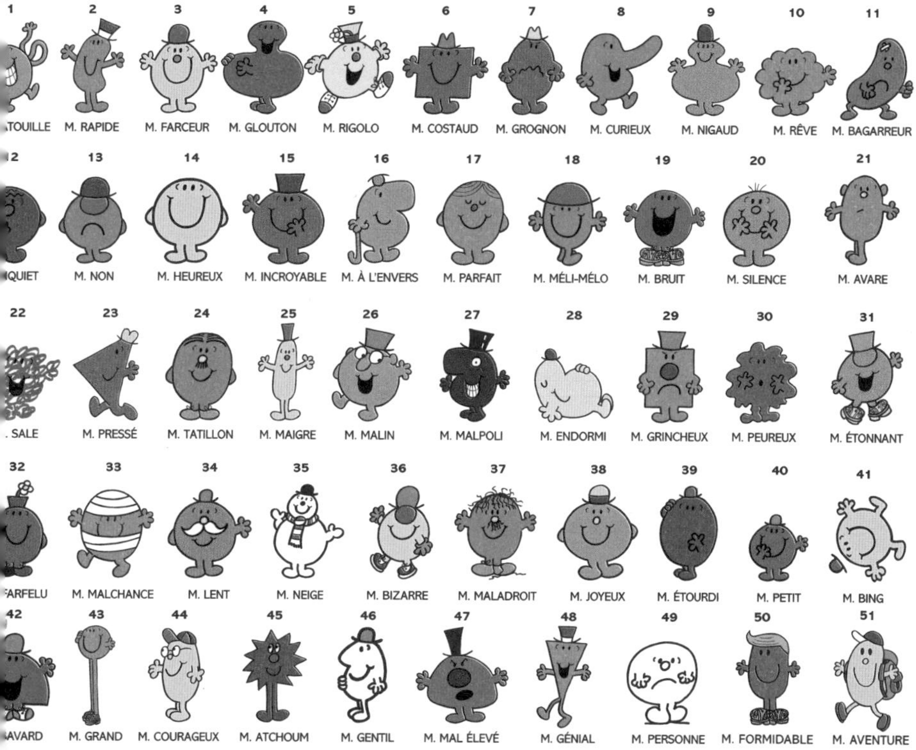

Édité par Hachette Livre – 58, rue Jean Bleuzen, 92178 Vanves Cedex
ISBN : 978-2-01-227175-3
Dépôt légal : juillet 2012
Loi n°49-956 du 16 juillet 1949 sur les publications destinées la jeunesse.
Achevé d'imprimer par Canale en Roumanie.